LES AUTEURS

DE

LA NOTE SECRÈTE

MIS EN OPPOSITION AVEC EUX - MÊMES,

OU

OBSERVATIONS

SUR LA NOTE SECRÈTE.

LES AUTEURS

DE

LA NOTE SECRÈTE,

MIS EN OPPOSITION AVEC EUX-MÊMES,

OU

OBSERVATIONS

SUR LA NOTE SECRÈTE,

PAR M. LE MARQUIS DE VERTEILLAC.

A PARIS,

Chez
{
LOCARD et DAVI, Libraires, rue de Seine, F. S. G., n°. 54,
et au Palais Royal, galerie de bois, n° 246, attenant au
Cabinet littéraire.
DELAUNAY, même galerie.
MONGIE, aîné, boulevard Poissonnière.

1818.

OBSERVATIONS

SUR

LA NOTE SECRÈTE.

~~~~~~~~~~~~~~~~

Extrait de *la Note secrète, exposant les prétextes de la dernière conspiration,* adressée, avec des observations, à M***.

Monsieur,

Vous me demandez ce que je pense de la Note secrète dont parlent toutes les lettres de Paris ; je crois mieux remplir vos désirs en vous adressant la copie littérale des articles principaux, avec quelques observations des Français qui ont un droit non suspect à porter ce titre, n'ayant jamais cessé de s'en honorer.
~~~~~~~~~~~~~~~~

Je vais copier en entier l'avertissement de l'éditeur ; il est trop court pour être extrait (1).

« *Avertissement de l'Editeur de la Note*
» *secrète.*

» La Note secrète, à laquelle on croit utile
» de donner une grande publicité, pour faire
» évanouir les insinuations perfides et les ca-
» lomnies dangereuses qu'elle renferme contre
» le gouvernement du Roi et contre la nation,
» a dû être soumise, il y a trois mois, à quel-
» ques ambassadeurs des puissances alliées,
» par des négociateurs anonymes, sans mis-
» sion et sans caractère, qui se prétentent les
» organes d'un parti.

» Il a toujours existé en France, depuis la
» la restauration, un parti qui a rejeté la charte,

---

(1) Cette letttre étant principalement écrite pour les personnes qui n'ont pu se procurer la Note secrète, je me ferai un devoir de copier aussi en entier les principaux articles sur lesquels doivent frapper mes observations, ne voulant pas être soupçonné d'avoir changé l'idée des auteurs, en ne présentant que des phrases isolées.

» ou qui la présentait comme une simple carte
» d'entrée, comme une concession néces-
  saire, mais momentanée. Ce parti agissait
» dans l'ombre; il calomniait, dans des notes
» clandestines adressées aux cabinets étran-
» gers, le monarque et la nation. Il tendait à
» exciter, dans ces cabinets, une plus grande
» disposition à la défiance contre le gouverne-
» ment de la France, et à faire prolonger les
» souffrances de l'occupation armée. Mais on
» manquait d'une pièce positive qu'on pût
» regarder comme le manifeste et la profes-
» sion de foi de ce parti. Cette pièce est
» tombée en nos mains; elle porte d'ailleurs
» avec elle, par la manière dont elle est rédi-
» gée, un caractère d'authenticité.

» Du reste, nous ne nous permettrons ni
» d'en désigner ni d'en soupçonner les au-
» teurs. Qn'on ignore à jamais, s'il est possi-
» ble, les noms de ces indignes Français !
» mais que leurs calomnies, qui pourraient
» être accueillies au loin, si elles n'étaient
» promptement réfutées, subissent la juste pu-
» nition de la publicité ! le bon sens national
» en fera justice.

» Il suffit que cette pièce ait existé, qu'elle

» ait une destination connue, pour qu'il soit
» convenable et utile de la produire au grand
» jour, pour faire apprécier aux bons esprits
» et aux cœurs français l'inconvenance et le
» danger de ces machinations ténébreuses dont
» le but est d'offrir toujours la France comme
» un épouvantail à l'Europe, et de nourrir les
» préventions et les haines nationales qu'il est
» si important de détruire.

« Ce honteux *appel aux étrangers*, pour
» faire changer par leur influence le système
» du gouvernement, sera désavoué par ceux
» mêmes qu'un moment de vertige a pu égarer
» au point de leur suggérer de pareils blas-
» phêmes. Car cette piéce réunit les trois
» caractères d'un *acte de souveraineté*, d'un
» *manifeste*, et d'un *plan de conspiration*,
» en un mot, d'un crime de trahison envers
» la nation et le Roi ».

Après cet avertissement de l'éditeur, vient
la *Note secrète* qui commence ainsi qu'il
suit.

« *Aperçu de la situation de la France au*
» *mois de mars* 1818.

» Aux époques du mois d'août 1816, et
» au mois d'août 1817 , nous nous sommes
» efforcés , dans des notes que nous avons fait
» parvenir aux quatre cours alliées, de mon-
» trer par quelle série d'évènements le gou-
» vernement de France s'était éloigné peu
» à peu de la ligne qui pouvait assurer
» l'établissement du Roi ; et nous avons cher-
» ché à faire voir comment, en ne prenant
» aucun des moyens nécessaires pour établir
» la monarchie, on préparait le triomphe de
» la révolution.

On lit page 11 :

« La position et la marche actuelle du
» gouvernement de la France conduisent au
» triomphe certain et prochain de la révo-
» lution ».

Ces observations sembleraient impolitiques
dans la bouche des personnes qui, les plus
intéressées à cacher la situation de leur parti,
devraient être crues davantage quand elles sont
forcées d'en convenir ; mais il faut observer

que cette Note secrète est adressée aux puissances étrangères, et est faite pour obtenir la faveur de conserver en France cent-vingt mille Prussiens et autres soldats des puissances alliées.

Les auteurs après avoir souvent renvoyé à l'examen des notes adressées précédemment, disent, page 15.

« On ne saurait donc admettre que l'Europe
» puisse se garantir de la révolution, si cette
» révolution reprend son pouvoir, ses forces,
» son activité (1), tous les moyens qu'on es-
» saierait de lui opposer, sont ou impossibles,
» ou inutiles. Il ne peut y avoir d'espoir de
» salut que dans des efforts bien concertés,
» pour arrêter l'explosion au sein même de

---

(1) L'étonnement va toujours croissant, quand on voit que les royalistes apprènent aux révolutionnaires de France qu'ils peuvent reprendre leur force, leur activité, leur pouvoir. Si l'Homme-Gris, ou toute autre brochure que l'on intitulerait l'Homme aux trois couleurs, s'exprimait ainsi, le ministère public s'écrierait : *Vous distillez le poison révolutionnaire, en apprenant à tous les frères et amis qu'ils n'ont qu'à vouloir pour faire encore de la France ce qu'ils appelaient une grande nation.*

» la France. C'est ainsi que nous sommes
» amenés à examiner la seconde hypothèse.
» Cherchera-t-on les moyens de sauver la
» France des fureurs révolutionnaires, pour
» en prévenir le monde, et quels sont les
» moyens qu'on emploiera ?

« Si on embrasse par l'imagination toutes les
» combinaisons possibles sur ce sujet, on en
» trouvera cinq qui peuvent se présenter à
» différents esprits ».

« *Première combinaison.* — Les uns croi-
» ront peut-être éteindre la révolution en par-
» tageant la France, ou l'occupant militaire-
» ment ».

Il faut rendre justice aux auteurs ; ils éloi-
gnent cette *première combinaison* : mais tous
les moyens qu'ils emploient remplissent - ils
également leur but ? Je suis loin de le penser.

« La France, disent - ils page 17 et 18,
» extrait de la Note du 15 août 1817 , la
» France a deux fois souffert l'invasion ,
» parce que les alliés portaient avec eux , pour
» ainsi dire, sur leurs drapeaux, de grandes
» espérances, celles d'un gouvernement qui
» avait pour lui de grands souvenirs de bon-
» heur, et des garanties d'un repos durable

» Ces espérances ont été déçues ; et cette
» fois on ne les verrait plus arriver qu'avec
» l'horreur qu'inspire l'ennemi qui n'a plus rien
» à nous offrir en compensation des maux de
» la guerre. Le prince qui les rappellerait,
» faute d'avoir su gouverner lui même, de-
» viendrait odieux à la nation entière ; et le
» parti qui chercherait son appui dans leurs
» armes, serait aussi ennemi que les étrangers,
» et serait repoussé avec eux. D'ailleurs que
» feraient cent-vingt mille hommes qui de-
» vraient occuper la France contre le sentiment
» profond d'horreur qui s'établirait contre eux
» dans toutes les classes de la nation ? Croit-
» on qu'on aurait le temps, les moyens de
» rassembler encore une fois un million
» d'hommes pour les jeter sur cette malheu-
» reuse France ? On ne le pourrait pas dans
» un an ; et dans vingt jours la France entière
» serait un camp, une citadelle impénétrable,
» dont la population entière formerait la gar-
» nison. Se tromperait-on au point de croire
» qu'on pourrait ensuite, par une longue
» guerre, la démembrer et partager ses pro-
» vinces ? et regarderait-on ce moyen comme
» le dernier coup à porter à la révolution ?
» on serait dans une bien grande erreur : la

» France est trop compacte pour se prêter à
» un morcellement ; des liens trop anciens et
» trop forts en tiennent les peuples attachés.
» Outre cela, la première ville qu'on voudrait
» conquérir, le premier canton qu'on voudrait
» livrer comme la proie des co-partageants,
» serait bientôt pour eux une occasion de dis-
» corde. Enfin, quand des armées innombra-
» bles occuperaient le sol (et quelle armée
» ne faudrait-il pas pour occuper la France !)
» quand rien ne pourrait plus déguiser à ses
» yeux l'horreur de son sort, alors même,
» dis-je, une dernière ressource, une res-
» source infaillible, lui resterait, la corrup-
» tion des vainqueurs ; et la France ré-
» volutionnaire décomposerait les armées
» victorieuses par le poison des idées révo-
» lutionnaires ».

Les auteurs de la Note, parlent comme pen-
sent, comme agiraient tous les Français, quand
ils disent : *Dans vingt jours toute la France
serait un camp, une citadelle impénétrable.*
Tout le monde sait cela, il ne faudrait pas
même vingt jours ; mais pourquoi ? par suite
de la haine pour un ministère que l'on veut
remplacer par soi, et ses amis, chercher à

avilir le trône *et le prince qui rappellerait les étrangers faute d'avoir su gouverner lui-même*. Où nous entraînent les passions ? Et ceux que ces Messieurs appellent révolutionnaires, ne prendront - ils pas cette déclaration pour un aveu ? Oui, je le répète, les auteurs de ces Notes servent bien mal la cause royale.

Passons à la *seconde combinaison*.

« *Deuxième combinaison*. — Placer une » nouvelle dynastie sur le trône ».

Ce second moyen est encore rejeté ; mais aurait-il dû être présenté ? Des royalistes, de vrais royalistes doivent-ils discuter les avantages ou les désavantages d'un changement de dynastie ?

« *Troisième combinaison*. — Détruire le » gouvernement représentatif ».

Les auteurs déclarent l'impossibilité de rétablir l'ancien régime ; mais en en exprimant leurs regrets (on ne peut pas être plus mal adroit).

Page 29 et 30 :

» Alors (en 1814) on pouvait envisager les » choses sous un autre point de vue ; alors il,

» y avait une classe nombreuse d'hommes ho-
» norables qui avaient conservé les souvenirs
» du passé ; ils étaient embellis pour eux de
» toute la poésie de l'histoire, et de tout le
» charme que leur prêtait le temps de leur
» jeunesse ; avec eux on pouvait essayer,
» mais peut-être aurait-on essayé en vain,
» de replacer le trône sur les débris des bases
» antiques ».

Même page 29 :

« Tout serait difficile, tout serait impos-
« sible dans une pareille tentative ; on ne
« pourrait pas rétablir ce qu'on appèle l'an-
« cien régime ; tous les éléments en sont bri-
« sés, et la poussière même en est disper-
« sée. On ne retrouverait pas même le fan-
« tôme de ces grands corps de l'état, qui, à-
« la-fois défenseurs des droits de la cou-
« ronne et des priviléges des peuples, se
« balançaient noblement dans le cercle qui
« leur était tracé, et garantissaient à-la-fois la li-
« berté de la nation et l'inviolabilité du trône».

Je crois pouvoir, sans qu'on m'accuse
d'être frondeur de chaque idée, de chaque
phrase, me permettre d'observer aux auteurs
de la Note, que l'expression de *regrets*

inutiles, ainsi qu'ils en conviènent eux-mêmes, est extrêmement impolitique, puisqu'elle doit nécessairement leur ôter la confiance nationale à laquelle ils prétendent avoir un droit exclusif, comme on le verra ci-après :

« *Quatrième combinaison.* — Ramener le « roi et ses ministres actuels aux principes « qui peuvent établir la monarchie. »

Ce moyen est encore rejeté : on qualifie page 35, le ministère choisi, nommé par le roi, de *ministère sans force, sans pouvoir, sans conception ;* et en suivant à la même page, on lit : « , mais par quelle rai- « son attache-t-on une si grande importance « à maintenir à la tête des affaires quelques « hommes qui n'y ont été placés que par « l'embarras du choix ? Mais sur onze per- « sonnes qui ont passé aux ministère depuis « cette époque, il n'en est resté que trois « de celles qui y ont été appelées. Croirait-on « qu'ils doivent être plus fidèles que d'autres « à suivre la direction qui leur fut tracée à « cette époque ? Mais cette direction a telle- « ment varié qu'ils ont d'abord été roya- « listes, ensuite ils ont passé à une prétendue

« modération ; à présent ils sont dans la révo-
« lution, et ils y seraient encore davantage si
« la révolution voulait les adopter aussi fran-
« chement qu'eux-mêmes en adoptent les prin-
« cipes. Ce serait un étrange abus de croire
« qu'en soutenant le ministère, on soutient les
« mêmes hommes et les mêmes principes :
« ce serait un genre de conséquence bien
« singulier que celui qui conduirait ainsi à
« croire que l'on persiste lorsqu'on marche
« dans les contraires. »

J'ai toujours peine à concevoir que des personnes qui veulent faire un corps particulier
sous le titre de vrais royalistes, affaiblissent le
pouvoir du trône, et accablent de chagrins le
monarque en critiquant ses choix d'une manière aussi outrageante.

« *Cinquième combinaison.* — Changer le
» système du gouvernement par le changement
» du ministère qui le dirige. »

On lit page 44 :

« Nous l'avons déjà dit : les royalistes qui
» ont été appelés dans diverses occasions à
» traiter de la réunion de leur parti au minis-
» tère, n'ont jamais admis la possibilité qu'il

» y eût pour eux un prix à ce traité. Ils n'ont
» demandé ni placés ni honneurs ; ils ont re-
» poussé de pareilles conditions quand elles
» leur ont été offertes. Ils savent mieux que
» personne qu'il n'y a point de place à désirer
» dans une maison qui brûle, et que la plus
» dangereuse dans un vaisseau brisé par la
» tempête, est celle de capitaine. Les prin-
» cipes de leur opposition sont dans la con-
» naissance du mal qu'a fait à la France le
» système qu'on a suivi. Et quels sont ceux
» qui ont été mieux placés pour juger l'excès
» de ce mal ? ils se dévoueraient peut-être à
» le réparer par ce sentiment du bien et de
» l'amour de leur pays, qui les a maintenus
» dans la terrible situation où ils ont été pla-
» cés ; mais ils n'iront jamais au devant d'un
» fardeau dont ils connaissent mieux que
» d'autres la pesanteur. Les plus éclairés sont
» ceux dont on obtiendrait le plus difficilement
» le concours, au moment où on voudrait le
» leur demander. »

Je n'avais pas d'abord compris le but des
auteurs de la Note, en présentant dans le
même article des déclarations si opposées ;
mais en me mettant en rapport avec les idées
de ces Messieurs, il me semble que c'est pour

faire connaître qu'ils n'accepteraient pas les secondes places, mais qu'ils ne refuseraient pas les premières. Je vais présenter, à côté l'une de l'autre, ces deux déclarations, pour que l'on juge si j'en ai bien saisi le sens.

Les royalistes n'ont demandé ni places ni honneurs ; il n'y en a point à désirer dans une maison qui brûle : et cinq lignes, plus loin, seulement, *ils se dévoueraient peut-être à le réparer par ce sentiment du bien et de l'amour de leur pays, mais ils n'iront jamais au-devant d'un fardeau dont ils connaissent mieux que d'autres la pesanteur ; les plus éclairés sont ceux dont on obtiendrait le plus difficilement le concours au moment où on voudrait le leur demander.*

Cela me paraît positif : je vais passer à un autre article.

Page 47 :

« Il est cependant vrai que les royalistes
» placés comme ils le sont sur le terrein de
» la constitution, sont les seuls qui puissent
» sauver leur pays, les seuls qui puissent sou-
» tenir le trône et conserver dans leur inté-
» grité les priviléges acquis par le peuple. »

5

Je termine, par cette étonnante prétention, ce court extrait de quelques articles de la Note secrète ; et je vais résumer, de la manière aussi la plus brève, ce qu'en ont pensé les bons Français, les personnes les plus impartiales.

Il a paru que messieurs les auteurs de la Note secrète avaient trop fait connaître le but où ils tendent, pour pouvoir espérer d'y arriver. Ils veulent persuader qu'ils rempliront utilement toutes les places du ministère, et que l'on doit les regarder comme *les amis du trône constitutionnel, qui pourront, seuls, conserver dans leur intégrité, les priviléges acquis par le peuple* ; et pour pièce à l'appui de cette haute prétention, ils présentent, ils expriment leurs regrets sur la destruction du trône de 1788, *et de ces grands corps de l'état qui*, etc. Comment peut-on se faire illusion, au point de croire qu'une population entière, *où les lumières sont également répandues, et qui discute et juge toutes les actions du gouvernement*, (1) verrait avec plaisir, *la conservation des droits qu'elle a acquis*,

---

(1) Page 26.

confiée à ceux qui regrettent qu'elle les ait obtenus ?

Il est plus qu'inutile d'entrer dans un plus long examen sur cet article principal de la Note secrète ; nous allons en considérer quelques autres passages toujours sous le même rapport.

Vous êtes royalistes, dites-vous, Messieurs : permettez que je vous observe qu'il me semble que vous servez bien mal votre cause, en répétant, de toutes manières, que la majorité de la France ne l'est pas ; trouvez bon, je vous prie, que je fassse entendre ici le langage sévère de la vérité.

Vous vous mettez vous-mêmes, Messieurs, en opposition avec les idées françaises, en insultant à tous par l'épithète prise dans le sens injurieux de *Révolutionnaires*, si souvent répété dans vos Notes, comprenant sous ce même titre, et ceux qui ont défendu le Roi au 10 août, et ces millions de braves qui ont immortalisé la gloire du nom Français, et ces savants, ces magistrats, ces administrateurs si dignes de la haute estime publique, et tous ces citoyens honnêtes et paisibles, avec ces hommes égarés, mais qui n'en sont pas moins coupables, qui ont massacré au 2 septembre ;

enfin, tout ce qui n'est pas vous et les vôtres ; tous ceux qui n'expriment pas hautement leurs regrets de ne plus voir *le trône placé sur les bases antiques*, sont *des révolutionnaires*. Est-il politique, Messieurs, d'attaquer ainsi une aussi forte masse ? est-il politique de parler toujours de vos regrets pour un ordre de choses que vous déclarez vous - mêmes ne pouvoir être rétabli ?

Il serait permis au Roi de regretter de n'être pas arrivé au trône sous l'ancienne forme de gouvernement, parce qu'il aurait eu alors la gloire entière de l'exécution de ce que ses hautes conceptions lui ont fait sentir, voir consolider la grandeur de la France, et assurer le bonheur de tous ses habitants : mais vous, Messieurs, qui regrettez si ouvertement l'ancien régime, qui êtes si ulcérés de la perte des honneurs et des priviléges dont vous jouissiez, convenez, malgré que vous vous soyiez faits aujourd'hui les apologistes de la charte, que, si vous occupiez toutes les places au conseil sous le gouvernement de 1788, vous ne proposeriez pas au Roi de faire des concessions à la nation, votre principale occupation au contraire serait de contenir, de surveiller, pour empêcher qu'elle n'acquierre des priviléges ; comment pouvez-vous donc espérer que cette même nation, *ce peuple qui sait discuter et juger,* pourrait voir en vous *les conservateurs des droits qu'il a acquis,* et acquis en partie aux dépens des vôtres?

Vous vous présentez, Messieurs, pour servir le trône dans les hautes places, où il faut, pour faire le bien, avoir la confiance de tous ; mais permettez, je vous supplie, que je vous demande ce qui vous fait penser que vous en seriez investis? Je ne crois pas faire une observation qui vous soit injurieuse en m'exprimant ainsi, puisque vous-mêmes l'avez faite ; il est vrai que c'était pour y répondre : on va juger si vous l'avez fait victorieusement.

Page 48 :

« *Mais,* dira-t-on, *quels sont donc parmi*
» *les royalistes de France, les hommes*
» *assez éprouvés dans les affaires pour qu'on*
» *puisse leur confier des destinées aussi im-*
» *portantes?* Ces hommes se trouveront nom-
» breux parmi ceux qui n'ont pas d'autre in-
» térêt que l'établissement de l'autorité royale,
» parmi ceux qui n'ont aucun antécédent qui
» les gêne et qui les domine ; ces hommes,
» dis-je, se trouveront nombreux, et la con-

» fiance publique les désignera assez quand on
» sera arrivé au point d'annoncer sans détour
» que c'est la monarchie, et non la révolu-
» tion qu'on veut consolider :

Toujours, Messieurs, la même pensée :
vous voulez détruire tout ce qui a été fait depuis trente ans ; car ne pas consolider, c'est
détruire. Alors, des trois pouvoirs, il ne res-
tera que celui du monarque ; et, après avoir
vous-même fait cet aveu au nom de tous les
royalistes de France, vous voulez que la nation dise avec vous, que *les royalistes sont
les seuls qui puissent sauver la France !* Soyez
conséquents, Messieurs, et mettez de l harmo-
nie entre ce que vous dites et ce que vous
désirez.

La confiance, vous le savez, n'est basée
que sur des antécédents ; et celle que chaque
peuple accorde au ministère de son prince,
étant ordinairement la règle de celle des
gouvernements étrangers, pensez-vous, Messieurs, que, la nation française vous refusant
la sienne, les puissances alliées voudraient,
dans ce moment, traiter avec des ministres
qui ne pourraient leur donner aucune ga-
rantie morale ; que l'opinion publique ratificrait

les traités que vous auriez discutés ou proposés ; vous auriez donc compromis, Messieurs, les intérêts du trône que vous voulez servir, en vous étant mis dans une position où vous ne pourriez faire le bien ni au-dedans, ni au-dehors, et vous ajouteriez par ce mal réel à tout ce que le monarque a le droit de vous reprocher, car vous, Messieurs, vous qui vous dites royalistes, comment pouvez-vous fronder toutes les démarches du souverain, toutes ses actions ? Qu'est devenu ce respect absolu de vos ancêtres pour le pouvoir suprème ? cette infaillibilité que l'on accordait à la volonté du prince, était, pour lors, le prestige, la force du trône ; et ce sont des royalistes qui s'efforcent de les lui ôter, dans la seule intention de déplacer le ministère, pour en occuper exclusivement toutes les places avec leurs amis.

J'ai lu avec l'expérience de cinquante ans la Note secrette, et je crois pouvoir en analyser les cinquante-huit pages en deux seules lignes.

1° *Ce que doit faire Louis XVIII.*

2° *Ce que ferait le prince le plus voisin du trône.*

Ce que doit faire Louis XVIII : Votre réponse est positive, messieurs, *changer son ministère ;* et pour en prouver la nécessité, vous blâmez tout ce que le gouvernement a fait, et vous vous écriez :

Page 47 :

« Il est vrai cependant que les royalistes » placés commes ils le sont sur le terrain « de la constitution sont les seuls qui puis- » sent soutenir le trône et conserver dans » leur intégrité les priviléges acquits par le » peuple. »

Ce qui, pour me servir d'une expression trop souvent employée, veut dire : Otez-vous de là, que je m'y mette. Ah! messieurs, si vous souhaitez sincèrement la conservation du trône des Bourbons, ne désirez pas être les pilotes qui doivent diriger le vaisseau de l'état sur une plage qui vous est inconnue.

Vous avez plus loyalement, Messieurs, cherché à prouver la possibilité de gouverner la France en 1818 comme elle l'était en 1788, en nous apprenant la pensée, *les expressions du prince le plus voisin du trône.*

Page 25 :

« Pour gouverner la France, il fallait se

» placer au milieu des siens, et tendre la
» main aux autres ».

Je ne me permettrai aucune réflexion sur
l'indiscrédition que peut-être vous avez com-
mise.)

Je crois me rappeler qu'Henry IV aussi a
exprimé la même idée ; mais, messieurs, conti-
nuant de parler avec toute franchise, je dirai
que, si réellement le prince que vous désignez
a eu cette pensée, elle est une nouvelle preuve
de la pureté de son cœur ;(mais vous savez,
messieurs, qu'elle est impraticable.

Définissons d'abord le mot *les siens* dans le
sens où Henri IV devait l'entendre ; c'était
ceux qui l'avaient vu, qui l'avaient suivi dans
cent combats, les compagnons de sa gloire ;
c'étaient ses nombreux admirateurs, ou pour
mieux dire, c'était la presque totalité de la
France ; et ceux à qui il tendait la main étaient
les ligueurs, les partisans d'un autre prince ;
il n'y avait pour lors aucun parti national qui
eût pris les armes pour conquérir des priviléges ; mais aujourd'hui, ce prince si aimable,
dont toutes les maniéres étaient si françaises
dans sa jeunesse, et qui donne maintenant

l'exemple de la conduite la plus sévére et la plus religieuse, ce prince, dont la nation admirerait la vie privée, et la franchise des intentions dans les affaires publiques, qui compterait-il pour les *siens*? Quels sont ceux *à qui il tendrait la main ?*

Convenez, Messieurs, que vous vous mettez, et à juste titre, au premier rang des *siens*; mais ce prince qui, je ne dois pas le mettre en doute, vous donnerait la plénitude de sa confiance, qui vous abandonnerait le pouvoir absolu, pourriez-vous le bien servir, et, en rapportant vos propres expressions, pourriez-vous éteindre *l'incendie de la maison qui brûle ?* et ne craindriez-vous pas, quand à la tête des affaires on verrait des noms auxquels se ratacheraient aussitôt la connaissance acquise d'opinions contraires aux idées de la nation, que l'orage soufflant de toutes parts, l'incendie ne vînt bientôt à son comble et ne consumât tout l'édifice ?

Henri IV, dans l'effusion de son cœur, ce prince qui avait envoyé du pain aux parisiens dans le moment où il était le maître du blocus de cette ville, a pu penser et dire : Je tendrai la main aux autres ; le prince que vous désignez d'une manière aussi positive (le prince le plus voisin du trône), a pû avoir la même pensée? mais vous, messieurs, répondez-vous à la confiance dont il vous honore, en la faisant connaître? croyez-vous que ces mots pleins de bonté, au temps du grand Henri, produiraient aujourd'hui le même effet? C'est là le mot de la révolution, le grand grief des neuf cents quatre-vingt-dix-neuf millièmes des Français contre un seul sur mille au plus d'anciens privilégiés, qui sont revenus avec l'habitude de cette ancienne bonté protégeante, regardée aujourd'hui comme humiliante, comme insultante ; et pour me servir des propres expressions de la Note secrète, *les lumières étant si répandues*, personne ne veut plus être protégé, personne ne veut plus qu'on lui tende la main.

Il reste pourtant un beau rôle à jouer à *cette classe d'hommes honorables qui ont conservé les souvenirs du passé*, et qui, regrettant tout ce qui n'est plus, désapprouvent tout ce qui est; c'est d'en convenir franchement, soit à la cour, soit à la ville, soit dans ces antiques châteaux où tout rappèle l'ancienneté des familles. La nation conviendra qu'ayant beaucoup perdu, ils ont beaucoup à regretter, et verra en eux cette antique franchise de leurs aïeux, qui a toujours commandé le respect. Mais il n'est pas permis à ceux qui regrettent et désapprouvent, de parler au nom d'une charte dont ils déplorent l'existence ; personne ne devra les croire, personne ne les croira. Donc ils ne pourront pas faire le bien ; c'est ce que je voulais prouver.

Je ne poursuivrai pas plus loin mes recherches sur cette Note secrète.

Vous verrez, Monsieur, d'après ces courtes observations, qu'il n'a fallu que les simples règles du bon sens pour prouver que le but des auteurs n'amènerait à aucun résultat heureux pour la maison de Bourbon et pour la nation. Je finirai en disant que ceux qui ont annoncé le désir que les troupes des alliés restassent en France, doivent au contraire faire des vœux sincères pour qu'elles se retirent cet automne, ainsi qu'on a dû l'espérer ; car ce serait eux seuls que la nation accuserait de la continuation de la pré sence des étrangers, si vexatoire, si onéreuse pour plusieurs départements, et si humiliante pour toute la nation.

Je désire, Monsieur, que vous jugiez vous-même de l'impartialité de cet écrit par la lecture de la Note secrète.

De l'Imprimerie de C.-F. PATRIS, rue de la Colombe, Quai de la Cité, n°. 4.